多彩民族文学书系
DUOCAI MINZU WENXUE SHUXI

U0754752

贵地

赵卫峰 著

贵州出版集团
贵州民族出版社

图书在版编目（CIP）数据

贵地 / 赵卫峰著. — 贵阳 : 贵州民族出版社,
2023.12
（多彩民族文学书系 / 王华主编）
ISBN 978-7-5412-2851-3

Ⅰ.①贵… Ⅱ.①赵… Ⅲ.①诗集—中国—当代
Ⅳ.①I227

中国国家版本馆CIP数据核字(2023)第255745号

DUOCAI MINZU WENXUE SHUXI
GUI DI
多彩民族文学书系
贵地

著　　者：赵卫峰
主　　编：王　华

出版发行：贵州民族出版社
地　　址：贵州省贵阳市观山湖区会展东路贵州出版集团大楼
印　　刷：贵阳精彩数字印刷有限公司
版　　次：2023年12月第1版
印　　次：2023年12月第1次印刷
开　　本：787 mm×1092 mm　　1/16
印　　张：10.25
字　　数：160千字
书　　号：ISBN 978-7-5412-2851-3
定　　价：58.00元

编委会

序　言

人生离不开阅读，如同生命离不开水源。人可以食无肉，不可闲无书。宋代名士黄庭坚说过："士大夫三日不读书，则义理不交于胸中，对镜觉面目可憎，向人亦语言无味。"阅读，是我们拓宽视野、启迪智慧的必经之路，也是我们慰藉灵魂、赋予心灵安然平静的必经之路。

书海茫茫，看上去我们阅读的选择性越来越大，可正是在这种情况下，我们可能变得盲目。对我们而言，选择读什么书，是一个值得思考的问题。

经典似乎是一个不错的选择。但是，不同时代会有不同的经典，每个领域也有各自的经典，而每一个新的时代又会产生新的经典。在时间长河中流传下来的经典固然要读，但在新时代产生的新经典也要读。虽说选择名家名作是不错的，但你一定要相信，就在你读那些已知的名家名作之时，另一些名家名作正在悄然诞生。或者说它早已问世，但我们尚未得知。个人的阅读视野总是有限的，如果我们盲从于已知，就更有限。如果我们只顾埋头于脚下，就会错失头顶的满天星斗。

"多彩民族文学书系"从我国各民族知名作家，以及各民族具有文学创作潜力的新兴作家的代表作中收录作品，涵盖小说、散文、诗歌等体裁，可为读者提供丰富而纵深的阅读空间。贵州民族出版社为我们推开了一道阅读之门，同时也向世界打开了一扇阅读之窗。贵州民族出版社透过这个窗口，向世人展示了中国文学丰富深邃的思想精髓和艺术之美。

希望我们在阅读过程中，能够体味和感知到中国文学多元、多彩而又独特的文化内涵和文化价值，从而实现自己精神的升华，达到心灵的通达和豁然。

或者让"多彩民族文学书系"，陪我们度过某一段安闲时光。

目　录

第一辑
开门见山

有山就有水
它们难分难舍
就有花草树木
它们是亲戚关系

云贵高原

嫦娥在望
蛮天燠雨
乱石穿空，风情万种

嫦娥在望
河爱弯路
人以群分，唤作民族

嫦娥在望
路有不平
肉身重要，骨头必需

嫦娥在望
植物安静
农夫与蛇，自有睡处

嫦娥在望
城镇乡村
星罗棋布，各有千秋

嫦娥在望
黎明不远
爱恨同源，热火朝天

乌蒙

那山，坐或躺，很古怪
那山，光不溜秋，露骨的艺术
那山，硬是霸气，让水快，水就急
让弯腰，让跳崖，让春风环抱村寨
外出打工的身影如云如雾，飘然远去

土地稀缺的地方能不能叫作地方
群山汇聚，乱石穿空
倘若石头入洞，别等
崎岖之途，深度之渊，一不留神
最易吞掉激烈碰撞的回声

一条路与另一条相邻
却隔河相望
一条河与另一条也是这样，好像后来
猎枪再难遇到兔子，兔子再难定居草甸
世上的皱纹都迁居到了这里

地母洞

喀斯特的意思
是地可以貌相

岁月的深处，暗中的美
需要逐步洞悉

沟谷峰峡，交错排开
笋芽穴柱，先后出场
花壁与悬蔓，争奇斗艳

原来，安静的世界
也可以千姿百态
有一些美，无声即有声

有一些美
需要时间，需要沉淀

赤水丹霞

山岗也会害羞？仿佛酒后的壮汉
不分季节的，脸红脖子粗
其实，天知地知
红红火火的局面，经历了多少
多少肉眼看不到的变迁

传奇的宏图，自然
让人眩目，让人自远方来
仰望，遐想
凝固的时间，高高竖立的灯箱
边地后知后觉的荣光

峡谷，绝壁，溪涧，飞瀑
纯属天成的原料
散碎，零乱，自在，又相互照看
成为和谐的整体
谁让巨幅立体的水彩漂亮古今

群峰在沉思，大河在奔流
竹海与桫椤的掩映下
祥云昂扬，像耀眼的旗帜
在坚持

雄厚与伟岸，总能让人欢喜

和感叹，鲜亮的画板

每当面对，每双眼睛都自有看法

每颗崇敬自然的心

自有想法

韭菜坪

高山的拥抱，体现高度的挽留
那么，石林与森林老早就扎根
和绿草、箭竹，和杜鹃结为亲戚
那么，韭菜坪的故事
像幸福这种词，是后来的
也是人心所向的

峰上有峰，岭外有岭
清泉石上流，人往高处走
鸟语，马铃，风声
贯穿其间的，还有茌茌玉米、杯杯酒水
生生不息的烟火，老早
就与青铜的奥秘相互照耀

天高云淡，一览众山小
让人，禁不住飘飘然，想问
何为遥远
河流湍急而时光缓慢，让人
禁不住想投入，成群的荞花
随风摇曳，自由恋爱

那么，静静地仰望，静静地冥想

从前，现在，群峦围坐
依旧气定神闲，抱月琴，欢歌
等着瞧，春天之前，爱人的瑞雪
又要送来好看的白披毡

梵净·就说横空出世的蘑菇石

横空出世的蘑菇石仿佛路碑
指向，你遥望的云朵
云朵曼舞的宽阔
指出
崎岖岁月的另一种道理：高度重要
硬度必需

台阶其实也是一种皱纹，也是
证明：向上之道难免曲折，难免
让你面对久仰的古体的刹那
讶然而失语

横空出世的蘑菇石仿佛神谕，仿佛
一句大实话
孤独之一种
与云瀑禅雾为伴，与幻影佛光为邻
归于草莽
归于植物之家，动物乐园

横空出世的蘑菇石已习惯，独自闲
并安于旁观：棉絮如云，霞光万道
众目睽睽处，为何是金顶
金顶之后还有什么？肉眼看不见的

会是什么

而目前林木常绿，所见皆有劲

有情，诸如风雨轮流，盛大的洗涤

其时，大片珙桐列队，如音符

更似排箫，它们引领，并伴奏

金丝猴与云豹，鸳鸯和红腹锦鸡

以及长尾雉与鹿，它们浓妆或淡抹

练舞，清唱，日落而息，各自睡去

而有人没人，蘑菇石都立正

它知道更多的事，知道暗地里的发生

最自然的梦境，而月亮的照顾一向很好

一向明白，天下熙熙，天下攘攘

人，在要么攀登要么下降的路上

而你居中，洞察世事

你明白远方的客人因何而来

明白我，因何来了还想再来

喀斯特·云台之思

地可以貌相，明摆着的事
古已有之，庞然大物，乱石穿空
向上的本能总是不约而同
出土，喘粗气，静夜思：到处是嶙峋
参差不齐，是结果，也是目的
从小到大，我已经熟悉
每个时代都有露骨的部分

我有时与盘山公路背道而驰
我乐意分开表面的风水，随意下沉
地下河冲到哪里我就到哪里，我想
变得无穷小，以便附着于平凡的灌木
顺着湿润的根须
顺着湿润的时光迷途
一日日深入

就像是被厚土掩盖的石头
它们暗地里达成一致，先锋的部分
挺身而出，成山，成岭
先知云雨

而我终将闲置，其实连石头也不是
我已知无底的空，恒温的软

我只能想，只能像溶洞般敞怀收容

黑黑的颤音丛恿

暗流在扭，一股劲向前——

而我始终待在原地，至今

我说出自己，是为记载，是为让你看见

佛顶山记

鸟的路子，比我广得太多
想起我经过的溪涧，晶晶亮
想起，谁也曾如此坦然
欢快和透明

一座山的气度并不因其有名
或者无名而增删，那时古树盛装静候
云深处，我注目良久，再确认
往事并不如烟，如山

从未到过的地方都是风景
又一次，我们相互进入，兜兜转转
仿佛为了抵达
为了抵达之后的离开

沿途，成年的花草落叶归为常见
想起与兔子的不期而遇，它驻足
应该对人有好奇，它稍顿即逝
于万绿丛中，只可远观

一座山也是一座座山，一座山
就近陪护仡佬族村落的春眠
做接待朝霞的准备，从容的格局
含蓄更含情的风姿，天知地知

在斗篷般的山里或在如山的斗篷中

形式上看，外出注定着巧遇的奇异
在此，一丛，突然的翠绿让我拥有
恍如隔世的意义

从内容说，自然
是城外梦境的高清部分：一片晶莹
一片皎洁，如月
清新之色，懵懂之光，生动
且活泼，凭空引入远道而来的我

我是谁，重要吗
身不由己的不仅是始终的我
一次次游历也是一次次迁徙
一次次辞离也是一次次栖息
始终的我也是身不由己的
去了还来的与乐此不疲的我们

成团的故事充实大静若空的良辰
林涛水声与繁星纠结的原始之所
少不了虫喃、蛙鸣与凤啭的合奏
少不了，如笙如琴的身影，透露
一条叫作剑江的河流的可爱与清新

凹凸有致的雕塑，注定
是自然之神夜以继日地琢磨
一团和气的润物，值得我
风一般换位，凝视，仰望，俯瞰
后顾或前瞻，怎么看都可以
都可以，让人动心，动身——
所谓美，就是这样的

万峰林·山与山之间总会有些距离

再坚硬的世界
也有伤口，也有缺口
山与山之间，总会这样
总会有些距离，让仁者猜
什么是过往，什么是未来

总会有些距离，让风前赴后继
让无根的泥沙
持续不知所终的旅行
总会有些距离，让跟风的人
身不由己，玩吹嘘的游戏

总会有些距离，让阳光
和月色有所依，让缕缕流水
排长队，连夜摸着石头前进
在小而窄的时间画轴
留下野渡和舟

我能在其中栖居多久？像前辈
在自在的罅隙静静地生，悄悄地老
逐步熟悉河谷，道路，洼地，城乡
随片片春秋反复的，硬与软的变迁
和修缮，肉眼看不见

现在，小雨来得正是时候
正好，填补着城乡之间的距离感
我将之视为日常，不表态

双乳峰

圆满的日子不为人知
也许是遗憾的。此时
众目睽睽又将如何得知
它们是否愿意，是否乐意

山终是无语，山不是人
山和它的孩子一向与世无争

并非所有的隆起都自足
亦如有些美，在于美中不足
有些光，在低处，在凹处
濡湿的记忆深处，有爱的人
可以连夜找到回归的路

但此处，有骄傲的天赋
云朵轮流，古谣回旋如涧
鸟穿梭，留有余地
远道而来的惊讶
缓冲于欢愉的风中

形式也是仪式。此时
亦如彼时，峰下的春天

再度铺开葱郁的草稿

有人，在记忆的旅途悄然铭刻
有人，在春天的高处聚焦

开门见山

还见高楼林立，立体的根据地
错综而不复杂，散漫和稳重
互为时间的饰物，不为风所动

神出鬼没的风，从来，都是经过
像它拥抱，抚摸，又放弃的事物
所以说，什么风把你吹来
什么风就会把你吹走

所以说昨日之日不可留。如今
还见那云显摆如故，自在于山头
倚坐人间屋顶，如花似玉

云并不知自己有下凡的习惯
不知自己婀娜的小动作
会有多么美的影响力，当然了
影响力不完全等于美

美也不见得就是好。而目前
好在山让云有了依靠
云使山的表情更加古老
它们的合照在提醒，目前
如从前，天那么蓝，那么远

开门见山之二

开门见山，见不到的
可归为视力问题
可说时候未到，如天气
再怎么阴晴圆缺，你都相信
明天会更好，好不好
都会过去，都得面对

新房正茁壮成长，众所周知
一个个青春期的小区正凭空层出
新路如同友谊之手
它们漂亮地延伸，就要和你毗邻
它们与山比肩，花了将近一年的时间

年复一年，山大体如故，老成持重
灌木还是灌木，默然，自然
其中应有矜持的花草，撩人的鸟语
云朵半遮半掩的神色自古好看
日常的车水总体规律，大体稳定

稳定啊，这就对了
如今你是这样，衣食住行正常
不见经传的梦想，如风
一丝，一缕，偶尔穿插其中

山水贵州

在贵州，山水是老搭档

万峰湖马岭河自古为邻

石阡温泉松明山，如剑江斗篷依偎

久矣，难舍难分

峭峡沿河傲然，提醒

方言滔滔，也涓涓

在永不凋谢的日月之间

风雨桥自在，桫椤随意

热情的赤水和沉稳的丹霞赤壁，动静相宜

在贵州，无论地上还是地下

每一座山都有软和的一面

每一条河流，都有一个幽深的家

织金洞藏奇，九洞天天外有天

海龙屯，九龙洞，龙宫

都体现人心所向之祥瑞，都积蓄

传奇的内在，传神的记忆，提醒

总有一些风景，需要真爱

需要深入和用心

在贵州，水以能动为生，逢山开路

车到山前必有路，水到山前成瀑布

永远安静的植物

是山水最忠诚的亲戚

一个地方常绿的偏旁，如榕江

如荔波樟江、黄果树，天使织就

红枫湖晶莹如明珠

和逍遥的时光同步

照应其乐融融的坦途

在贵州，环城皆山，环乡皆岭

云台突兀平坝，梵净抬高武陵

道路盘山，道理自在，众鸟若飞歌

随时随地腾挪，又自有节律

亦如，这里被称为格凸，那儿被叫作江界

每一条江河

本身如同时光的自然段

每一条溪涧

都似悠然而敞亮的水语

在贵州，地可以貌相

山稳重，水立体

群峰若庞然的芦笙，到处是

错落有致的骨气和美感，而平塘安详

似盆景，似天眼，可远见

山不转水转，每一夜

梦想多样多彩，刚柔相济，每一日

都充满本来的善与和谐，美与真实

山不转水转

山不转水转。太阳的态度永是旁观
依稀记得，放浪的游客啼，笑，哼老调
这图景，叫作老样子

在山间，艳阳天，鸟盘旋
希望的高度源自理想的角度，如
逐日成为远景的黄果树——在水畔
一株树通常就是一种活生生的标志
这图景，叫作老样子

一山更比一山高
一江春水向东流，显而易见
结果总是和旁观者无关
太阳总是枕石而眠

昨天是这样，前天也是
这图景
叫作老样子

山水及其他

其他暂且不表，就说他像时针
像蜡笔，在巨幅山水画中，流连
像雾岚挽留的，拖泥带水的春天
其中的一枝，渺小的细节
随柔绵之风位移，在自然的怀抱
像腹有诗书的先行者，深呼吸
欲给面前饱满的山峦安放比喻
也不先问问对方是否乐意，他呀
只管在心中调动字词，最后
戛然而止；显然，没有什么比喻
比峰岭本身更可靠和可信
但那些溪涧，如鹿，如兔
为何扭身就开溜，还一去不回呢
由此，他想起人，如鹿如兔的人
想起根深蒂固的树
想起高飞但不远走的鸟，和鸟巢的坚贞

从前有座山

有山就有水。它们难分难舍
就有花草树木
它们是亲戚关系

还有，时常弄出动静的动物与人家
方圆百里内的你我他，做梦
也讲同一种话

有风雨会反复，客串。特别是从前
你刚打开青春的窍门
如黄橘探身柴扉，小心翼翼

从前，昼长夜短，山重水复
天堑也是通途。有时，兔子的位置
还在飞鸟之上

说从前，似乎就包括了
与日月相关的一切？说从前，是否
不包括山水依旧从容爱着的现在
不包括其中逐日舒展的幽径

它在我之前没有经历，它随你而来
又被你完整地卷走，不复还

相对于绵绵的群山

常绿的族群是后来的
遥相呼应的城乡是后来的
它们间的差别也是
以及悲欢，美与不美
都是，变化都是后来的

绵绵的群山紧相连
被一道道河流缠绕，被一条条路
分开。这是什么样的自然
如后来，我的快乐是我的
你的在你那儿

后来，门庭若市，或门可罗雀
后来，月明星稀，或灰蒙成片
都纯属自然——对于绵绵的群山来说
大静若空，想怎么梦就怎么梦

梦如你啊，也是后来的

山中笔记

这个春天紧密团结这座山，是为苗岭
这个秘密盘踞溶洞的前生，构成
乌有的湿润。这个闲不住的倒影
可乐的年份，一唱一和
常绿的方言最适合

身体健康，躬耕垄上
好景多彩，人心所向
可是大静若空的现场只余下白日梦
可是这个人老了！不再似这贪玩的倔孩子
他只希望他消失之际，恰是某人醒来之时

这朵花还被绿叶扶，这座城还被日月护
这个故事突然就变成了事故，而这个人
还在原地找原因，想弄清
山和石头，一代人
和一个人的最后

石因何硬？人因何在？春天因何来了还来
被动的还有新石头和樱桃的脸？后来
这个人的悲哀在于倾其所有
也只是原地转圈
不再像昨天：忽而在生活这头怪物之前

忽而在其后，如猫和老鼠，如一个快乐的人
和他的快乐，在奇异的风中，眯着眼奔跑
唉，这个人的悲哀在于，当他停下
快乐仍像山涧向前、向前
比他更快

山如你

你擅长安静，你默许鸟鸣
用不同的节奏插入晨昏
你让落叶，暗中啪啪啪地
点击初湿的空地

那时的世界巴掌大，没有可疑的人
那时，春色洒满一月的中间
草类环绕幽径，远道而来的光线
就地变成常绿的曲线，很好看

那时，一如此时
攀登的过程逐步缓慢
越向上，路越模糊
也越清楚，落叶只管下降
不再有意发出声响

鸟鸣更古怪了，随时随地
仿佛警告，提醒，高处不胜寒
喧哗乱窜的风是危险的
"在即将的黎明，你仍将是孤独的"

第二辑

缘溪行吟

时间的湿润处，你逗留

如礁石，若有所思

一条河流，一门水灵的方言

由来已久

沿河片段

豁然开朗之际，秋水翻新
乌江和她怀抱的秘密
有了新的出路，码头总是热闹之处
波澜前赴后继，每每
忘不了跑去拍打、抚弄堤岸一下
是人都喜欢浪漫地玩耍。爱动的水流
免不了，更爱花瓣飞溅的小戏法
外来者猜测着堤岸的沉默和厚度
外来者对一个地方的留意，是自然的
倘若仿照一条江的方式，又是不理智的
正如，江之所以成为江自有其道理
正如，外来者只能入乡随俗，漫游
只能是旁观：水磨石，自在的阳光
穿插着，漂洗着凹凸分明的小日子
眼看船工的号子迎风绽开，转个圈
又回落水面，随大流向前，那时
外来者在近水楼台，在寂静的群山
与浩然的流行之间，只能是旁观
如我。所以，我真想在多年以后
用心告诉你，一个地方
一个人能被记忆反复弄湿眼眶的原因

作为一条河流的花溪

花和溪的亲密由来已久；同样和谐的
还有，疏密有度的草木
错落有致的房屋，像不同年代的书
稍远，喜欢按时更衣的群峰
像不朽的道具，善解人意的静物
始终好客，但不喧宾夺主

有时候，一条河流的好
体现于记忆的多少。今天
还如昨日，被秋波召回的你
沿途捡拾，凝视，从此岸到彼岸
像要舒展
像就要舒展的叶子
很符合秀色这个词本来的样子

谁说熟悉的地方没有风景？今天
还如昨日，爱美之心不分先后
蜻蜓与蝴蝶和平共处，它们的行为
点缀着，滔滔的，涓涓的，潺潺的和声
易让游客驻足，拍客凝神
易被善感的新青年引进爽爽的梦境

层林尽染，芬芳夹岸，前面的老者

背影从容，后来的记忆如花絮

如雀跃，一转身就没了踪影

时间的湿润处，你逗留

如礁石，若有所思

一条河流，一门水灵的方言

由来已久

春过天河潭之鸟鸣涧

鸟用翅膀扑空，使峰生动
以投影，试探一条河流的自在
和透明

鸟盘旋。用飞翔告诉
光天化日里的暗
并非一成不变

相对而言，峰是安详的
满身的草树体现自然的善
以及耐心：一条河流流啊流
若梦，在这儿翻身，在这儿飞跃
形成高潮，不是没有原因

鸟应该将这些都看在眼里了
但是从来没有人
能够从一只鸟的嘴里掏出秘密

阅人无数的鸟
显然比人更能藏得住事情

红枫湖游思

众山如柱如笋，天天向上
似可依赖的框架，一面面
含蓄的镜片，一幅幅水彩
活灵活现

湛蓝的，灰白的，黄褐的
橙红的表情
和心情，其实
很多时候由日月决定

其实，人的表情
和心情，波澜起伏的梦
与旅途，始终也是
因了光的有无

湖如人生有咸淡
湖中事物，棋布可观
鸟岛、蛇岛、龟岛，形态各异
和而不同，互为邻居

很多的水抱成团，叫湖
很多的人，来去不断
人不像水

一旦相拥就融为一体

也不像峰，它们作壁上观
屹立，倒立，中立，宽容鱼虾嬉戏
和可能的风波；它们体现，提示
船的方向，光的指向

遵义

太阳老而不旧，其实天天都在
光临尘世，抚摸人间，日复一日
让一条矜持的河流升温，红润
让她突出，有名，叫作赤水

如果进入，再进入，你会习惯
如果沉浸，你会爱上她，记住她
一路懵懂，一路颠簸，逐步摸索
从初湿之春，朝着热腾腾的夏季跃进

跃进，如时代的快车，很快
就从贵阳移身遵义，像酒与故事会师
转眼，就和一条叫作赤水的河流相见
就依稀远见：播种的队伍

从前：从江之西，湖之南，逆水行舟
一路波折，不断传递，鱼水情深
一路转折，不断传诵，万山红遍
时间的边地，永不褪色的旗帜迎风招展

所谓河流，意味着向前进，向远方
正如播种者的倾向，和梦想，正如现在
你所看到的，是必须面对的

你所面对的，是老而不旧的证据

一栋楼，就可以代表一个地方
一条有名的河流，就可以透露
浴血的昨夜，以及，鲜活的今天
热腾腾的日子

一条河还在奔赴，一栋楼还在坚守
现在，人们在仰望，在用心听讲
你在人们心中，像一个晚熟的词
在回望中沉思

水银河的漂亮

漂亮是自然的
白日依山，荧光点点
两岸鸟语顺时针归巢
林立的世界
瞬间归于软和的宁静
到处，是恍如隔世的惊喜

漂亮是天生的。风过耳
柔顺之乳不再藏着掖着，对呀
人生也是这样
总得有一段透明透亮的岁月
顺水推舟或逆水行舟
皆属自然

漂亮是目前的。花枝俏
色香味俱全，藤蔓蜿蜒自在
白练当空舞，河谷也是山谷
陆路踏实，水路动感且柔顺
都行

漂亮是值得记忆的。嗯，再来
盛年，盛夏，盛情

记忆的湿润处，草绿，花香
有人在漂亮中漂流
有人在漂流中漂亮

犹记大娄山中水

我留意的溪变化不是太大
它仍是弱不禁风，开始的反应
仍是慢

因为遇见，我陪着它走了一段
因为遇见，它陪着我走了一段

它易被风怂恿，自己也分不清
被动与主动，它常按捺不住地
在半坡发出急促的呼喊

我留意的溪并不丰满
并不狂野，我甚至以为
如非地势，它还会偷懒，原地转圈
像一湖水，与鸟为伴，与草为邻
很安详，很无辜，很满足

那时，我闭眼，听任溪水漫流
仿佛自愿被时光隔绝的一块石头
很安详，很无辜，也很满足

此刻舞阳江

从峻岭与悬崖间溜出的她
渐行渐慢
如同经历太多的人
对前途已不那么着急

曲折的身段，会休憩，这是本能
暧昧的表情，漂亮着，这是
风平浪静的黄昏，只可意会
我也只是静观，只是无言
只是等待，和想念

丰盈苗条交替
并不影响水流一贯的包容
与善解人意，从古到今穿山越岭
她爱一个地方，那个地方是晓得的
她不打扰那些煮酒熬糖的汉子，她
只远望，飞针走线挑花蜡染的妇女

她也不管我是谁，我从哪来
她也不晓得，从前的我
有横冲直撞的本能，也有浪漫与洒脱

而此刻，我渐行渐慢

只为了与她同步，从她身上看出
逢山开路，沿途泡沫怎样溶解
无辜的落叶如何奔赴

而此刻，她继续，向远方，向番禺，南方的大海
她又重新扑腾，飞跃，呼吁或呐喊
她注定泼辣，方向永恒
她将离开，给我留下淡静的身影

却让我，用心留下，如从容的石刻
古驿和村寨，幽谷与青山，那些
自由自在的花鸟虫鱼和人群
人群中如笙歌般萌动的你

格凸，格凸

沸腾的群峰稍微让出些空隙
就有了风

就有了风景
就有了恰到好处的对应
山，水，洞，石，林
雄，奇，险，峻，幽

它们，被紫云怀抱
被日月悄悄搂在一起
又像姿态各异的多彩画笔
共同勾勒一个字：美

以及惊险；兄弟们上刀山下火海
"蜘蛛人"迎难而上，徒手攀岩

以及悦目；高处万燕归巢
自由翻飞，田间姐妹且歌且舞
体现，那悠远，那久违的古朴

古朴，是一条蜿蜒的道路
也是一条源远又隐秘的河流
在此时，古朴，就叫作格凸

它就躺在风与风景的接合部

躺在紫云下，安顺中

躺在，一首名为贵州的诗的怀里

草海

盛年的梦歌又漫向晶莹的海面
安静的茎叶更深地安静着
要将此刻连同未来一起爱抚的
是自古清凉的风，是银饰的节奏

羊的家，花的园
悠久的唱法终将发自高处的岁月
稀有的灵性总如透亮的幸福
可观而不可求

细致入微的琢磨使润物更润
沉思更沉，琅琅鹤唳带动悄掩的歌喉
时针一点点拨开懵懂的眼，一方山水
又逍遥得自然而然，神气活现

想吧！火炬再度擎起
光明凭空而临，是什么花朵
让边地之夜形同白昼，又一回
闪耀源远的水色与崇高

身临其境不能被容纳和净化
远走高飞仍难免洁白的牵引和濯洗

像此刻，暂停倦意和感伤的垂柳正和你
和静谧的峰峦一起聆听，聆听

粼粼的风姿卷尽浑浊的往昔

黎芝峡谷里的乌江

有一个好名字的她，折腾过后的她
奔波过后，缓缓躺下
片刻的柔顺，像古老故事的自然段
在时间峭壁下惬意舒展，怎么看
都好看

天知：山水谁先谁后
桅杆为何直立行走
地知：盘旋使水灵之身逐日领悟
弯曲，是另一种含蓄的延伸

你知：越有深度的地方越易产生阴影
我知：越拘束，也越能开放
现在，我们都稍息下来

看近处，路在无路之处
想远方，此地何尝不是他人故乡
又回顾：古纤道，剑劈岩，绿荫碧挂

我们在望：双龟弄潮，三星洞开
一场奇异的风吹过烽火台
金鸡报晓，仙女望夫，而人字瀑
指出：水亦如人，同行自然
分道是为向前

行吟·锦江

一条被称为母亲的河仍无停滞之意
像老话，被不同的人倾吐多遍，从前
如目前：鹬蚌倾听，月色飞流
静态如兔，倒伏春天的中间
源与流的重要性，该如何判断

而今
很多东西有了，很多东西同时没了
凡是能够持续发作的东西
不喜即悲

而在悲喜之间的，是河滨春色
渐入暮色，以及
游客轮回，从此岸到彼岸
终归都要上岸

而把一条河称为母亲的人
都是暂住者，都如后来的你我
择地而居，看一条河流扬长而去
看，像你我的后来人各奔东西

亚木·瀑布在夜里做什么

继续，大大咧咧的进行曲
韵律放纵，天地共鸣
如水的事物，夜晚总比白天更带劲

以身垂范，纯属自然
自由的经幡，自在的舞蹈
始终，不求回报

这时，远近的故事陆续沉积于山雾
这时，人家按理是睡下了
而瀑布自如，继续，如泣如诉

扑腾后的水终将归于宽容的河床
沉着的，除了爱磨炼的卵石
还有长远之梦，而瀑布
只是换了个形式却不休止

谁知风雨和瀑布是什么关系
正如你也不知，你不想的
和你想的，是什么关系

这时万物依旧，这时有人念旧
如水的记忆在奔涌，也在收束
天生的灵活之躯，你自愧不如

贞丰·缘溪行

缘溪行，忘路之远近
如往昔，数十年里我无所谓迷失
途中所遇之兔
可谓最后的无中之有

缘溪行，很多时候我没打湿鞋
很多时候，水色并非结合实际
只是参照，只是提醒人与动物
那时渴了

喜欢就是喜欢，风就是风
雨也不会是别的，只见行人亦如兔
时急时缓，一丛异样的草
足够让人凝望许久

行吧，溪水的持续能是啥结局
有人把一条河唤作母亲，这是规律
而我，如草木
陷入脱兔之后的静寂

缘溪行，仅仅想返回
一条河的青春期，那时
没被日子拓宽，那时的想法都不错
此岸如彼岸，都有妖娆的花果

江界河瀑布之感觉

一路弯曲，好不容易
在群峰的阻拦里突破出来
不凭空舒展怎么行
不尽情出声怎么行

每一日，都是湿漉漉的
每一下，都是动人心魄的
一点一滴，一串串
都是真实的

也是孤独的
被发现，被观看
始终与俗世保持距离
又保持新鲜，特别是夜晚

有月无月的夜晚
有人无人的夜晚

地图上的清水江

靠近一条河流已是多年以后
当线装的春天激活百褶的传统
日出东南，笙乐回旋
一方山水的多声部合唱
又被地图前的游子听见

漫长意味着曲折。一条河流
润物，滋事，濯身，养心
始终如镜，如花似玉
四季常开，始终不朽
一条河流最能让人明白何为悠久

自然，风是悠久之一种，雨也是
天空的默许下，有爱有恨的行为
始终，被大地宽容，被群峦护送
对于一条喜欢走村串寨的河流而言
每一场雨都是重要的

每一场雨都会让我遥想，追忆
柔绵，浪漫，懵懂的求索
鱼跃，激扬，一波波一道道和谐的光
所谓河流，就是能够自寻出路的水
就是，团结，相爱，不退后

从前，杉树结队向远，耿直的它们
曾是一条河流的抱负。入湘西
分道湖之南北，去江南
茁壮的木排，历史的纹理
像地图外的细节，格外鲜明

漂泊的族群，鼓楼的歌者，先后
隐于古老的梦境而河流不眠，不休
辗转并呵护：剑江，丹江，麻江
又台江，福泉及剑河，一串串
傍水的名字，一个个如水的故事

而多少故事，其实并不在于地图
唯有河流，一条河流，一条条河流
始终真实，永远奔赴
在路上，在无休止的风雨中

盘江

一条河流也许不知

大海始终在等待。一条河流

只是本能地挣开，从地下，脱颖而出

从山中，从溶洞，连滚带爬

一条河流其实从不晓得害怕

一条河流的使命，仿佛为了漫长

为了远方，那唤作大海的大口袋

或者是从不封口的蓝色旅行袋

一条河流只是尽情地前行，和风

和雨，和天地保持古老的友谊

让漫长的南方丝绸之路

在湿润的颠簸中，在如梦的盘桓里

如瀑布般高潮频起。现在

如从前，一条河流只是自在

随意进出自然，有时，涉及人世

顺道让人浮想，或是深思

清淡的一生终将归于咸涩

奔波的一生，在捡拾与放弃之间

最初的河流及其他

最初经过的河流小名白濮，大号倒天
从鱼卵到鱼苗，我侥幸，是千万分之一
其旁支，曰响水，却没啥大的响动
如沿岸山林与作物，春去秋来与世无争
直到附近机场建立，飞机代替岩鹰

还记得周围，法寨河，落脚河，白布河
这些姐们小蛮腰，性子烈
不时还冲浪，玩小瀑布式的花样
稍远，牛栏江，横江，听着气势恢宏
而凹河，鸭池河，撒拉溪，这些称呼
有趣，以及，德溪，总溪，西溪，花溪
我都曾进入，曾投入，那时年轻

那时，三天打鱼两天晒网。真抱歉
我的爱心与耐心从前不能，现在更不能
与她们身上高架的桥梁攀比。现在想想
我经过的河流屈指可数，她们
大体辗转于长江与珠江，像赤水河，红水河
像六冲河，六广河，有名的不少
无名的更多，更多的像淡淡逝去的日子

现在想想，经过我的河流在减少，让我

在故乡与外乡，家乡与异乡之间
很容易就看出她们，就愿意远远地羡慕
和祝福：水灵的她们，有梦，如梦
善始善终；宽容的她们，年复一年
始终，有人信赖和依赖，也有人爱

瀑布观之一种

直立行走的水流

来头不小

背景深厚的它

前景长远的它

经久的活力，让走马观花者自愧

且感鞭长莫及，而它

从不在意众目睽睽，也不在乎

如我之休闲者，昨夜心在何处

现在因何静静置身人间，像一枚

有待定位的暂停键，如今

晚霞的布景别样红

活泼的水流更像漂亮的物种

惯会配合调皮捣蛋的春风

自然的合奏，自在的清唱

其声单调至简，其形单纯至真

很值得仁者琢磨

很适合智者追忆

遥看瀑布

欢快之水看上去有些矜持
距离，让运动之美看似
悬浮的静止
但依旧是美的，我依旧喜欢看
像看日月那样看
自古的清流，我始终相信
她的不休，不朽

是日，远上寒山
但见白练凭空，倒下，慢条斯理
自在于忘我之境
高挑的模样，依旧是好的
有时候，好或不好
速度并不重要

花鸟虫鱼应该更明白
应该比过来人更多体会
这被人叫作瀑布或漈的亲戚
她明里在奔，暗中在跑，在呼唤
像遗忘随着遗忘
未来接着未来

瀑布之所以成为瀑布

表明：向远之心水亦有之
从来就没有走投无路的水流
古今多少事，其实亦如水，如瀑
开始了，就不会自行停止，虽然
一条水流的起初和尾声难以预测
一匹瀑布并不晓得自己的名字
还可以叫作瀑
它甚至不知自身好在哪里

时势造英雄，地势造瀑布
眼下草木多亲密，曲线很漂亮
迂回地行进，表明：动着即活着
关键处，态度急转，自行绽开
有声有色的花，让人不得不驻足
反复，思量：我们可以悬崖勒马
却不能如流水般从容，瀑布般恣意
于时间的险峰，赤条条倒挂

凝望是一种致敬的方式。像游人
像访客，像往昔与后来的茬茬过客
被瀑布叫停的我们，可以有一瞬
尽情湿身，用心接受，最自然的
冲洗，水灵的穿透——就此而言

近水的花鸟远比我们自在

参天之树和厚土，物与物的爱情

真的，让人羡慕

肯定不止一个人

高峡出平湖
肯定不止一个人体会到
水又上升
又有幸运的石头沉浸
与鱼为邻。在这里，石头喻为爱情
鱼要比作终日游荡的追梦人

表层的草们只晓得笑纳赞美
肯定不止一个人体会到
润物在膨胀，好日子总不够用。在这里
我不想指出一只漂流瓶的空虚导致悬浮
充实导致下降，我不想告诉你——
让秋日的第一片落叶爱上你的肩头

是时间，这战无不胜的"侵略者"
惯用的招数

第三辑

风行贵地

一个地方的新，应该

一个地方的旧，也应该

一个地方，一种圆润的情景

时间越久，越质朴

梯田贵州

风水也是有道理的。本质上
往昔也是目前
秋霞傍晚，光阴在野
地方有章可循，一束束一排排
安详之意充盈此间，群峦丰盈厚实
红渡村，丹寨县，石板村，丛丛湿地
微波从容，婉转链接，通透的传统
扎根高坡的族群，很久了
首尾相望，站着生长

高处的岁月，立体的画轴
大自然的曲谱收放自如，年复一年
耕者顺着传统之道自在往返，众鸟
让晨昏的边缘如音符般起伏，日落而息
而我静坐如石保持倾听，我相信
茌茌黄绿相间的谷穗，夜以继日
一方水土的沉吟，随时随地
如花溪环绕青岩，赤水拱卫宝源
无声胜有声

玉屏漂亮，加榜在望，与月亮同光
在万峰林立的国度，梦境刚柔相济
一座座青山恰似一个个常绿的标题

串串水灵的句子，行行自然之诗
是天赐，天赋，人与自然的合著
此时夜读，笙停歇，蛙坦然
世界刚好，隐约且朦胧，让我写下
让我记下，一座有所牵挂的山
神奇的悬浮术，不仅是好看好玩

美是有层次的。体现精耕细作的属性
美是万物，也是逐级而上的稻穗
她们，雾雨里冒尖，坠鬓，换肤变形
是为献身，是为佳期
而我所在为何时，所向为何事
一座座山，只是披着润湿的睡袍
惯于稻花聚散，大静而不言
而我相信，阡陌纵横，日日是好日
周而复始

黔中屯堡

山重水复，总会有一些路
如溪流，接地气，不歇息，随时
让记忆翻新，倾向明朝
倾诉，江南的遥远与好

太阳照常，悠远，入乡随俗
我在意的拱桥之下，别致的风光
照常爱着，花鸟鱼虫
自然在自然之中

在茶肆，水另有韵味，和热情
随着我的休憩，古戏台安静，桥从容
溪流持续迈着小步，溪流的优势
是不计得失

我能见的溪流只是局部
我靠近的座座石屋，棋子般固守
又如册册砖石结构的线装书，随时
静候，日月，旅者和归人的默读

山雨·青岩

风光渐湿，庄稼们以静制动
枝叶与藤条，又颤抖
又任老到的雨点捉弄，天知道
雨中的麻雀能往哪儿飞

伞有些迫不及待。这一下
青岩就更清楚，树呵护的小屋
蘑菇般满头雾水，清新的，膨胀的美

更多的美还在善解人意的未来
而刚才，雨说来就来了，说去就去了
那么急，那么有力，见好就收
只留余温和惊讶，排着队，等渗透
等向远的河流逐一带走

你留下。看，空山新雨后
可爱的头颅低垂，原来
坚硬的世界也有柔软的一面

只是，玉米本质没变，梳洗后的穗儿
更加自然，让人失足的洼地
沉积的、浑浊的问题
稍后就会澄清

只是，你经过的雨，都要扬长而去
你面对的山，却不能被轻易绕过
每每想起，它都固执
都是不屈的姿势，保持蓑衣的样子

阳明祠

此处因人而异
而名，让一众仰慕者
有所思

花鸟林木，亭台清幽
古风由远而近，轻拂
尘世奔走的身影

拾级而上，会有那么一刻
世界肃然，时间停歇
另一个自己隐约可见

此处，一尊塑像
一种永不凋谢的敬意

浮云过，月更阔
有人不朽，有心光明

游阳明文化园

云贵万重山，从前
行路难，马蹄声碎

王阳明自远方来，兜兜转转
像千条水

像后来的你，未来的我
绕山绕水，尘世中颠簸

天堑变通途，曲径通幽处
王阳明心中有数

他会在业余写诗
会在高原雾雨中梦想

在梦想中，安详
在安详中，可见一切未见之事物

可见，肉眼看不到的光，自古
不熄，静亦定，动亦定

现在，讲解者立场坚定，方言有趣
龙场驿负责人就地待了两年

偶尔，也进城，从修文去贵阳讲课
不玩不宴席，来回也要一整天

观光者和学者乘专车，如今很快
有时，快递小哥更快

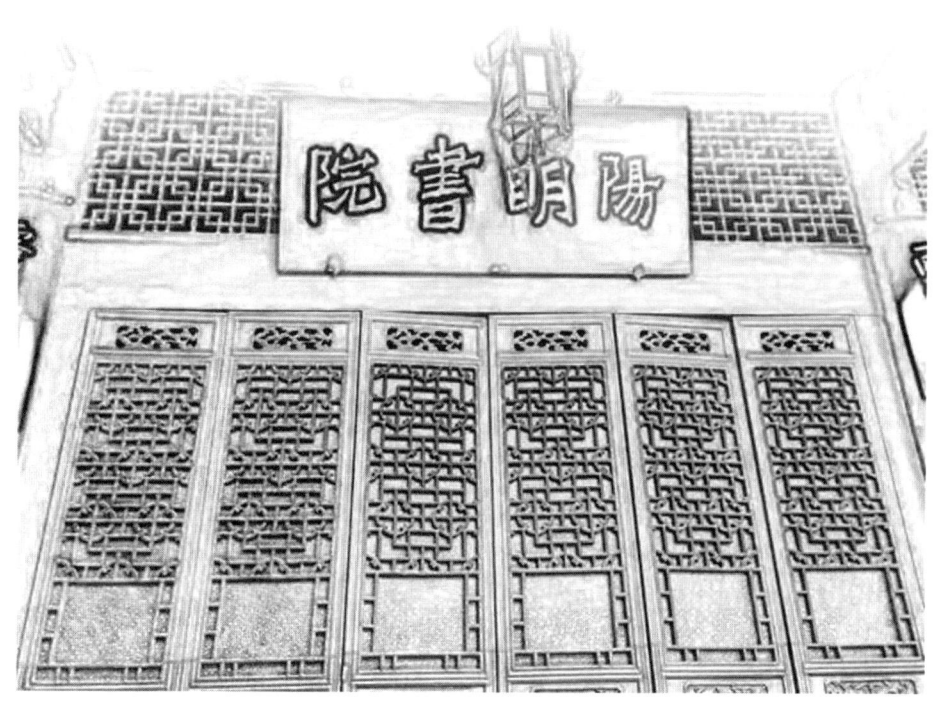

海龙屯

如果想要高瞻，得踏上天梯
它是目前，也是从前
倔强的山石层层堆积的时间

如果想要探究往昔
应该逐级攀登
厚重的关隘，月亮门的空与白

深井如谜一般的眼，碎陶、瓦砾
和散落的铁器，和气相伴
它们在蒙尘的地铺共眠
它们在黔北

它们在高原的肩头睡着
和一座红色的城市朝夕相处
它们应已熟悉和习惯，太多的经过
与更多的到来，都是必需的

苔痕上阶绿，昨夜焦土早已换装
就着更新的风光
花草陪着我和我们继续向上

向上的路总是蜿蜒。如历史的根须

总是明暗难分，只有时间之手
一如既往，在废墟中收拾
在旧梦中，在记忆中，无声地告诉

此处是异乡
此处是故乡

茅台镇

和源远的流水一样昼夜萦绕的
是相爱的高粱小麦溢出的体香
此伏，彼起，在雾岚呵护的峰谷
在鳞次栉比的房中，扑鼻，入心
无形地弥漫，无声地流连
一个经久浸润传奇意味的古镇
自然，像一只随时都香喷喷的酒器

十里芬芳，百年酝酿
岁月经典的造型，只在此山中
终究是，传统的本质
历久弥新的貌状，亦如
霓虹盛开的街巷，行者从容
烟火相映酒旗风，饮者自在
广场曼舞的身影，乐而忘返

和谐的风光轻拥微醺的步履
重要的道路，总是紧挨源远的水流
星空浩瀚，万物陆续进入有度的睡眠
人家就要置身甘爽的梦乡，而你还在
眺望，神秘之河纵情驰骋，终究是
灵动的身姿，回味悠长的故事
让你记下，这幽雅、柔绵的时日

渝遵道上

车到山前必有路

有路必有收费站？自然

还有服务站

琳琅满目的时光证物

在群峰之间

车来车往

过客鱼贯而入，而出

旁边打盹的山系根基扎实

还有什么风雨没见过

还有什么能轻易打断它们

在夏日午后

雷打不动的午休

放下包袱的旅伴，亦如此这般

以车代步，出娄山关

便在假寐，在向我示范

有的人可以保持在白日梦中

有的人

可以把梦做到终点站

乌蒙大草原之欢

蓬松。空阔的外衣等于白天的光
月下，凹凸分明的朦胧画
貌似委曲，草啊，总这样
从来就不好意思抬头挺胸
却又始终天天向上

黄澄。这是金秋的角度
翠绿。再说一遍，这表明
你依旧喜欢春天，像多数人
像多数人中的少数，爱玩
爱在一望无际的青海撒野

温柔。宜当床，说好话，做好梦
舒适。可以尽情，可以向往
可以用心嵌入一块古老的翡翠
回味和静听，碧波粼粼
体内的风车为什么昼夜不停

和谐。悦目的图谱，还在
云雾里起伏，如你，还在想
如果我还像年轻的岩鹰，还能
在清新的世界尽情飞跃，恣意腾挪
多么好

树木们团结起来，叫作森林

——游玉舍国家森林公园有感

树木们团结起来，叫作森林
天上飞的，地上跑的
行将就木的，熟悉与陌生的
甚至猎户，和他老不见好的心病
都和平共处
在一个茂密又宽容的国度里

树木们团结起来
在山河的缠绵里得益，得意
在天赐的画板中挺胸抬头
精打细算，占据着
大把的时间

生命本该如此简单
有山可栖，有水可依
有光，有方向
生根，发芽，枝叶纷披
形势喜人

所以，置身其中的游客
大都是愉快的，来学习的

都不太像兔子，喜移形换位
因不安而独身
因独身而小心翼翼

所以，植物可以团结也可以孤单
更多自然与自在
动物就不一定

月亮安顺

月亮倚天窗，理云鬓
雅俗共赏的诱饵，无声胜有声
很有普遍性，很容易让我再次相信
月亮的好，时间与地点很重要
现在，好端端的月，亮出，安顺
安顺是一个地方，也是一种
圆润的情景

情景如光影，相映成趣
很久了，每个月总有那么几天
月亮劳碌，有目共睹
很久了，月亮暗里迎送，很多雨
很多风，很多如庄稼般的梦
还像路灯，陪着它们脚踏实地
随着节气与烟火，以旧换新

一个地方的新，应该
一个地方的旧，也应该
月亮比谁都明白，一个地方的存在
和自在，她晓得一座山在春天
如何在紫云之中突起，逐日
成为天台，成为高峰，成为
赤条条的瀑布可以欢腾的支撑

她深知，一座座山如何生儿育女
如何化整为零，化妆打扮
与笙乐鸟声同步，与爱美之人同心
她证明，聚居的石头手拉手连成墙
风雨中的石片不懈琢磨，一层层
充实硬朗的戏台，垫高，城里城外
有棱有角的故事，坚韧的屋顶

现在，平坝之上城池一团和气
像蜡染的盆景，可餐的裹卷
现在，文庙古墙前，石柱阅人无数
自然如我，坦然如月亮，依旧
无声胜有声，倾诉：
一个地方，一种圆润的情景
时间越久，越质朴

乌蒙东麓之九洞天

若我似风，便可从透亮的河床腾飞
从这山到那山，在樟枫桦桑头顶观赏
在松杉与毛竹肩上荡秋千
在丝栗与合欢中间，左顾右盼

若我似风，我要尽情出入
天桥与石林，溶洞与伏流
在悬崖、绝壁和幽谷来去自如
就像，年轻的时候

若我似风，对于美，绝不粗鲁
我将温和，如那暖洋洋的湿润风气
在通天大洞里登萍渡水，凌波微步
从一到九，又自九归一

我将挑逗在野的猴、獐、蛇和鸟儿
轻轻吹动野鸭、岩燕和红嘴细鳞鱼
如果它们正在爱
我将悄悄让开

皓月当空，我会安静下来
在龙门阵里，像乖乖女，静听
石头开花马生角

扁担出水羊唱歌

天高气爽，我也会原地不动
作壁上观：身影越来越多
徒步栈道的旅客，行船水中的游人
他们慢慢就醉了，她们用心在飞

乌蒙东麓或如织金

肯定，群峰比我更熟悉
更喜欢你

肯定，一些人，像稳重的群峰
会继续呵护，继续喜欢下去
像择地而栖的先辈

像爽快的飞瀑，深居简出的井
房前屋后，爱绕弯子
爱摆龙门阵的河流，它们
每日都湿润，都潮润，都滋润

它们爱而不言，始终和你
和南来北往的车水，相映成趣

依山傍水的故事贯串织金的晨昏
森林村寨错落有致地证实，有人
就有烟火，就有苦辣酸甜
山重水复，大道小路
是方圆百里经久不衰的笔画

每个地方都天下无双
每个夜晚都有梦翩跹，若雾若岚

每个口耳相传的秘密，都凹凸分明
都像你，随节气流转，大自然
自古的歌谣绽开花坡上的春天

明摆着的，往往也是朦胧的
像溶洞虚掩的岁月，喀斯特的好处
滴答的韵脚点缀旷世之幽
天生的桥段，高原倔强的细节
沧桑亦从容，和时间一起成为风景
于无声处，指出，简单的不朽

肯定。很多地方只能经过
肯定。我经过你也像你经过了我

肯定。吉祥灯火的另一面
一些美仍然静候，一些美依旧窖藏
只在此山中，像
一些人，一些永远做不完的梦

乌蒙东麓之威宁

你是幸运。春去秋来
鹤鸟如期现身，历经千辛
随银灰的风光起伏
在敞亮的图画中，自由起舞

你是安详。山搂着山
相互给力
硬是坚持，硬是耐看
任雨雾聚散，以不变应万变

你是湿润。大雪化小
小雪化了，而水流，依山
故事里的时间，沉静又动感
山不转水转

你是绽放。岁月厚重如彩屏
美梦如云
人马自在高处，荞花好在半坡
不用说，可爱

不用说，随着驿道远行的传奇
必将重返；与天空挨得更近的你
比我更懂：爱，善，得，失

江湖之所以成为江湖，在于坚持

我们其实多么熟悉
水草苗条，常绿，一泓清波
足以滋润，关照自古的逍遥
足以澄清，含蓄且欢愉的笙音

百里杜鹃

紧挨春天的她们本身就代表了春天
柔软的部分，清新的饰品

亮鳞、马缨、长蕊、芒刺、亮毛
耳叶、银叶、匙叶、锈叶、云锦

紧挨春天的她们有不同的名字
不同的样子，不同的姿势

就是说，花与花
她和她，总有不同的故事

就是说，紧挨春天的地方
有着花样百出的秘密

紧挨春天的队伍，一动身
就缤纷，漫山遍野

一睁开眼，就千姿百态
就有朋自远方来，把酒言欢

就是说，紧挨春天的月琴

会用心留下远方的客人

会让花丛中的客人叹服，原来
春天可以久留，美可以层出

黔西花灯

被马帮呵护着，岩溶洞房
二月的柔焰，边地的秧歌
代代平静而高挑

袖珍的月，朴素的眼
照旧，最香
就是最亮的一刻

只能用心点燃，用情培养
年年二月，年年更新的扑闪
只在此山中

多么微妙，小小的光亮
就足够安然无恙地度过
跌宕的驿道与日子

还可看远些
那早春鲜明的头饰铺天盖地
和二月的妹妹，谁辉映了谁

飞机下的武陵局部

万山鳞次，如成丛绿林倒立
又似参差的桅杆，原地列队，待命
透过如玉屏般的毛雨淡雾
小镇的羞涩可想而知
素朴的江口，安静的码头
同样安静的船只，是房屋

该怎样从纷繁的光影中看出
人与物的恣意，身与心的欢喜
看出，如画松桃，山水德江
看出，蜿蜒石阡，岁月印江
沿河的薄暮，源远的纤绳
牵引多少荡悠悠的梦幻

尚未经历的地方都是远方
石头茂密的另一个聚居区
我在向往。高原倔强的谜团
自然的傩面，我在遥望
时间沉淀的墨迹，我知道它古老
我也知道它将永远年轻

沿河

沿河，一去二三里

道如流水，不慢就不叫婉转

不崎岖就不叫山区

人迹罕至处，风吹草低

羊露头

休闲的灌木丛，无风也起浪

就见羊偏偏地张望

像游客，更像

庞然绿缎上立体的

能动的小云朵

有些远，让人难以判断

在羊的眼里，我到底算什么

近水之树长势良好

也有些霸道

得让着它

还得依靠它，才能让身心平衡

才能把羊无欲无求的

肉嘟嘟的样子，很好地

留在与初春有关的镜头里

想到隆里仿佛想到谁

日出东南隅，一个地方的旺或淡
与人相关，正如
梦的单纯与繁杂，由时间决定
而古镇如谁，始终，盘腿静坐原地

一个能够让人反复进出的地方
算不算好地方？如果算
包不包括家，办公室，手机与梦
让人如钟摆般移身的车辆

而想了还想的地方，可以是这里
来了还来的地方，可以是隆里
群山环抱的多彩雕塑，浓荫久久
庇护，一部古色古香之书

在隆里，每座建筑都浓缩传统
每条道路都是入世的卵石从容铺就
府第与楼阁，庙宇与道观
那么多的从前

那么多的牌坊、祠和书院，让岁月
那么多样地呈现，让谁
于无声处，逐步感悟

凝固，也是一种流传

在这里，谁身临其境
谁便能真正看见，隆里
玲珑的锦屏，精致的时光
不可复制，可以守望

千户苗寨

屋舍鳞次栉比，如蜂巢密集
又如，银饰环绕的耳朵
同气连枝的盆景，多少日夜
多少人、事和情，依山傍水
当春乃发生

水与稻情投意合，融为一体
便是米酒，便有古老的香

便有山花的浓郁，在陶碗
牛角杯中，唱词的间隙
随朴素而幽然的笙乐散布
此时，此处
每个身体都是自然的音符

一个游人如织的地方
必定藏着时间的秘密

此时，此处，我仅仅是来客之一
此时，此处，恍若很久很久以前
她说起故乡，蝴蝶翩翩，花样百出

她状若刚刚学会挺身春风的枫树

此时，此处，我像一棵入秋的枫树
更像，一句遥远而真实的祝福

下司记忆

比如说夏天，花花草草很好
日月互相照顾，水流发育很好
游客们，如字词般散布于山水诗篇
情侣们，你言我语，心照不宣

知趣的石头各就各位
内敛的态度，表示对人间的羡慕
悄自给水流分出层次，哪一段
属于清初，属于明末，或者更早

用心就能看出，远道而至的情侣
有时临水而停，你问我答
像在面对和解决
流行与流逝的问题

待得久了，传统的听力会恢复
可闻鸡鸣犬吠，也能看出
日月之光影，紫薇园中的黎明
静夜的湿地，平中出奇

如果恰逢斗牛，龙舟竞渡
激情之后，可静坐，等流水记忆
剔透欲滴的相会，好梦

在小镇温润的掌中翻转，终究心安

应该是夏天。情侣形影不离
像诗眼，在美好的词句间，点睛传神
很自如，让到此一游的记忆有了
鲜活的向导，很好

静夜岜沙

似乎啥都有了
月亮格外亲近的地方
人安详，梦逍遥，自然好
自在的草，最懂风情的睫毛
也像常绿的细语，与世无争的树
与天生倔强的群峰相扶

似乎都熟悉，风有趣，虫鸣
笙歌贴心，流水顺心
透明的低吟，古往今来的淡雾
和猎枪一起，拥护，呵护
木楼与竹屋
远近高低各不同

似乎是这样了。我所知的
原地安详多年，我向往的
多年来原地安详，而我
像一个平常的秘密
一缕过境的山风
并不会影响，一片僻壤的安详

精神焕发的月亮还在高处
在望

她的面容很皎洁，表情很漂亮

她的安详大静若空，和我

和我置身的记忆

同样地安详

镇远古城与潕阳河互相抱着

一座古城的古有什么意思
一条河流心知
一条河流的淡泊与深远
最体贴的古城，应该最有发言权

应该说，古城与河流的恩爱很真
很有趣，她们互相抱着，相拥而眠
月亮的挑逗，如我直白的比拟
不会打扰其乐融融的她们

她们也许并不知道自己做梦
不知道自己就像梦，一团和气的
浪漫的持久的和谐的梦，会影响人
越来越多的人

应该说，古城与河流谁也离不开谁
互相照亮，互相漂亮，是有原因的
如果，古城如稳重的码头
河流像什么更好呢

一条静中有动的河流是开放的
有爱心，更有野心
她已是无数游子的母亲，她还想
做更多游客的亲人，她一直就是这样

荔波记

1

屋舍镶于森林,仿佛
天使的积木,安置于翠绿的画布
亦如孩子依偎慈母,祥和的貌状
相得益彰

在黔之南,最称职的向导
当属源远的水流
明晃晃的向往,和日月相惜
静中有动,只争朝夕

飞瀑更不会停顿。凭空抛出
自然的秋千,白皙的悬念
激进的招数,宜凝神而观
茂兰茂盛且高,宜攀登龙凤城而眺

世事多变!山岳紧握
城与乡与村毗连,始终
都有纯粹的云朵相伴

2

天大而空,蓝白相拥
多宽容。地如黄绿相间的床单

耐久，耐看
当晚霞缓缓降落，古镇与新人和谐
热情在望，川流不息
你请随意，漫游于今昔
看布依人，人依梦
现实的美，水果般饱满
坦诚于街巷，自然而然

自然而然，你的心
重新活泼，因万盏灯火而缤纷
又与一条叫樟的水流对应

自然而然，有一个地方
有一个日子，你最真实
你的心，是另一种远道而至的果子

3
总有一些人的道路会蜿蜒一些
因此悠远。总有一些族群的时间
如颗粒状，浓缩的光
在边远的高处，古色古香

总有一些人的等待是自在的
总有一些族群的归宿
是自然的，栩栩的
如永不凋谢的记忆之蕾

如今，一个地方如温润之谜

不用猜，只需见

白净的天使尘嚣不在，成片的绿

扎实地将四季，将古今

连成趣味丛生的整体

而目前，水磨石上，蝴蝶翩翩

鸡犬常闻，经久的方言

吊脚楼支撑古典夏日，古瑶山腼腆

土气的风景，素朴的动感

4

其实河流才真正知道什么叫作深浅

亦如自古逐水而居的民族

知道时间的刚柔与快慢

知道什么是浪花暗绽的昨日

什么是源源不断的明天

轻波荡漾，鱼虾来往，逍遥游

以水为本，用它们的方式潜伏

裸浴或清休，在此，像多数人

我也看重水流的段落，喜欢小瀑布

溅湿，浪漫，某年某月，某些天

而目前，一条条河流仿佛一场场好雨的仓库

樟树列队两岸，神态比游子安然

在此，常绿的沉默纵横交错

作为另一种无声的话语，它们
悠久且必需

5

拥有七副歌喉的女神终日不休
领唱鸟声和花语
乐此不疲

这是黔南。凹凸有致之躯惬意而躺
接下来的事情
就是从容，就是等

就是等人来，人往
等汩汩之澜
推送逍遥的意义与锦绣的风光

坐拥七只酒杯的饮者安详无比
怀抱七个小窗的石桥等谁亲近
当清风徐徐，当事物皆沉醉
等待，仍是它的使命之一

现在，它在等昨夜骤雨缓和
它在等离开，等未来

等寻找梦和远方的迷途者
在我之后，因为天生的美
而知返

三都的这一群人

这一群人面南背北
出黄河，越长江，到珠江
这一群人迎着风雨，顺流或逆流
沿时间崎岖的侧面，向前

逐水而行的人，傍水而居的人
和春秋有关的这一群人
最后像水稻、米酒，像鱼
终生和水亲密

所以这一群人的爱情是水性的
梦想是丰润的，且绵绵，这一群人
喜用马尾绣织古今传奇
这一群人有事要敲铜鼓
他们摆龙门阵，过节
一过就是两个多月

滔滔不绝。这一群人一旦说唱
大地就知道什么叫水语
图文并茂。这一群人开始写和读
群峰就知道什么是水书
终生和水亲密的他们

所以成为水族

成为喀斯特丛林
一群生生不息的水灵

磷都福泉

距贵阳不远，差异如瓜豆
各有千秋

小地方有大自然
山不在高，重在内涵

古城墙安详
更倔强，像一些老人
葛镜桥绝壁起拱，传奇之一种

确实，风光
风怂恿光，自然奔放
随意在洒金

随意是一种境界。这儿
泉韵暗中流传，龙门阵妙语连珠
古驿道高速路惺惺相惜，都有道理

这儿，时间别有用心
银杏悠远，石头开花
群峦成为矿源

粼粼水中石，想想就有意思
于无声处，不可磨灭的烟火
夜以继日

黔南亦如黔北

黔南亦如黔北，火车喜欢打转转
貌似贪玩，流水流到大桥头
欲走还留，像那时
混迹于春色的你，沿途撒欢
只感觉，黔南亦如黔北，空气清新
黄昏之后隐约的山谷
凹凸并不分明，却对称
像形式不同的衡器，那时
小月亮像膝盖的圆顶
像独自安好的路灯，观望的姿态
仿佛期待，背着包袱的中年人
像过境的风，像风推出的梦
正好，和一条连夜出行的河流
在总是充溢聚散气息的码头相遇
然后错开，如果不出意外
一条河流会逐步前进，投身江湖
放下包袱的中年人会退出熙攘的人间
在大静若空的山谷，打转转
貌似贪玩

忆兴义

1994 年的货车载着如货物般的我
经过滇黔界碑，就算回到了贵州
或说，沿着另一条传统的老路
可以进入兴义
地图上的印记，顿时显得亲近

苗条的小城，夜雾静伏初春
我不知当时她的梦和我的有何不同
寻找栖身之所的途中，弯月引导
路灯兴致高，明亮着，指引着
远道而来的旅客

短暂逗留的地方，偶然经过的小城
长途上的驿站之一，平常，平淡
却记得，也许是
人生长卷，年轻的画面空白居多
每一个落点，都易储存，保鲜

也许是，不花哨的路灯
青出于蓝的布依族人，它们和他们
在黎明的路边闪现，自在又实在
像令人费解却好听的当地语言，像
无意于工却处处皆工的水彩

犹记城外万峰林立，光明磊落
村镇散布，绿意丛生，至今
丰腴之秋的捷径，替换崎岖的过去
至今，我知道一个地方舒展的意义
我知道一位旅客回不去的年轻

招堤之我见

仰躺也是仰望。随时随地
等爱美的微风，顺着缘分的小径
牵引，一丛可以心领的好意
它让我来，轻车熟路，喜见
鲜花会，在一团和气的水泽
在月下，成片的优雅

旁观的石头，还像在古代
憨厚地围观，呵护
一场拙朴的，芬芳的集体舞
凑近，花们亦像在古代，颔首，矜持
一瓣瓣，一株株，中通外直
出淤泥而不染的样子

辉映也是一种境界
堤南稻田，堤北荷塘
绿植片片抵城厢
"水色涵山色，荷香杂稻香"
仿佛绣女与村姑
碧波清涟，相得益彰

堤岸终究不动声色。只保持
石头的素质，只默守，承载

休闲之心，悦目之形
只习惯，一阵风抚今追昔
一阵风，还像在古代
把时间的温润部分从内心掀起

民族村记

本色的屋舍安然散布

和古风一起，凭空联系

鸟语，花香，有梦之身

于万绿丛中掩映，形似

点滴的色块，自然的雕塑

它们属于时间的另一种形态，属于

开山为田的人们，也属于

远道而来的我们

我们是谁？我们中的一些在绘图

一些在品茗，在用心，感应

一片有意味的地方，动静相宜

一段慢下来的时光

在缘分的杯中，交替映现

浙江和山西，贵州或福建

记忆的釉墨，透露

富有诗意的中年

光阴也如颜料；正如

每个人都似笔，每个人的面前

都有一块画板，那时

普通话勾勒今昔，隔壁的档案室

金木陶瓷依旧朴实，古越人的器物

静止的方言，与窗外好动的蝴蝶

交相呼应，和谐世界多半如此

盛情之日，吟唱或默写都很合适

春风将继续带走裸露的尘土

过客的身体被半夜的吊脚楼容纳
安逸的固态，恰与躯壳中的纯真
衔接。还像上一次
风和涧水自在，薄雾环绕苗岭四月
炫目地舒展，伴随梧桐叶儿
与温润的风交头接耳

结局不只是山峰猜不准小溪的心思
春风将继续带走裸露的尘土
和无主的皮毛，秋风接着
夜游神总爱碰上古怪的场面：人去也
粗心的果实，像来不及实现的理想
随雾静悬于宽容的山野

月亮还是不见低落。还是安逸
淡淡地亮
如传说中不锈的门柄，它——
始终都没离开过小镇的安详和传说
不像命运总是没礼貌
总是不打招呼就逃之夭夭

菜花地也可成为风景

好看就可以。导游不说我们也知
世上本没有风景，看的人多了
就成了风景

黄花遍地，春天的小火炬
自在，独立，成群结队，都招展
都懂得，和暖身的风
欣欣向荣的风，莫名其妙的风
构成招摇的和谐，或说，自然美

自然，美不胜收，只能被看在眼里
看花枝与微风，自有接头的方式
看游人和过客，自有观花的方式
看山水，自有交流的方式
看城乡，还有什么相爱的方式

回归之途也是出发之路。你可知道
我为何说晚安？当春天的小火炬
移身手机，在野之风连夜翻山越岭

冬去春来，郊区先知

锄禾者状若能动的种子
踏青者，像按捺不住的新枝
和气的田野，到处可谓榜样
好的是，乡村本色依旧
小楼挺且直，奋发的草木
如不堕落的群山，新年新面貌
常用的祝福语，随时随地，都对
说猫腰上的风光如古琴之韵，也对
七八点钟的太阳继续，天下熙熙
后起之秀渐多，渐成熟
常在道上的老司机所言不差
交通灯能协助交警的工作
如手机可以轻易指点和发现
衣食，节气，图文并茂的爱情
可以让探春的旅者并肩同行
因为美，在城外
形成一条条明媚的妩媚的朋友圈

众鸟高飞

众鸟高飞，群山稍息
庞然的黄昏让城乡不约而同
像大小的包袱在不同的时段
搁置下来

叽叽喳喳的影响是阶段性的
城乡们各自为政，一团和气
每一夜，都会有人继续在路上

而他继续在幸福之外。像古驿道本身
在弯曲中，一点点倒退
从明天，今天，昨天……还在倒退

他要填补众鸟留下的空寂
他终于与一座山的倔强挨近
到最后，你听
他终于代我用心地说出

"明丽的爱情宽容了我，让我肩负……"

风声

风声有时表示风的速度
无非渐进，无非激进
或支支吾吾，悄无声息
仿佛，很久以前
我留给你的一件事情

那时我还说
山路是高原的皱纹
那时我认为
皱纹和风没有关系

当你已经有了暖和的角度
会看到，春天如期现形
它和风一样，其实只顾自己

风与山路其实并不理会
那时或这时
春天的草率，人生的羞愧

第四辑

乡关到处

逐水而居靠井而住的人们
一些成为游子，而更多的会留下来
如卵石般沉着，堤岸般筑着

贵阳

环城皆山，皆绿，皆蓝
天生的秀色
沿世居的林木起伏，舒展，自然美
只争朝夕

环山是水，善始善终的拥抱
使群峰突出，站得高
它们深思，它们清楚，它们要继续
要促成一次次透骨的沐浴，让人
挺胸抬头，如树
向上与向下的路都能走

一座城正在步入宁静和舒适
在路上，有梦就有方向
就有心铭记：清风送爽，门户开放
白驹过隙，街巷换装，一转眼
刚柔相济的身心
已稳稳跨过二十一道门槛

多彩的现在，透露精彩的未来
幢幢房子如脚踏实地的棋子
丛丛土生的作物，依云伴雾
根深蒂固，又似背景深厚的民族

习惯了，插入半坡为乐
习惯了沿螺旋式记忆延伸，天天向上
又宠辱不惊

沿途的光景终将归为常见。仰望终如日月
终将超出普遍的烟火，随有序之车水
递进——你终将像后来的他
他终将像从前的我，我们，都停不下来
都懂得：每一日，都是结束
每一日，都是开始

黔之灵山

山在城中，挺好
宜观花看云，纳凉望风
爱上树的，是闲不住的猴
它们不时露上一手
让人乐观，让休闲之光
平添动感与喜感

城中有山，意味着
至少有一条向上的路
有人走
有人走了还来

那些鸟也挺好的
一边练嗓，一边凭空盘旋
它们有自己的小爱
和抑扬顿挫的方言

挺好，石阶斑驳，曲径通幽
碧瓦红墙亲密，画意禅思交织
最常见的蓝天白云
像经久的画帘，它们
是一座山，也是一座城
最亲密最经久的背景

东山

多少年，栉风沐雨
它坚持，像硬朗的臂膀
随时随地指出
人家的好，花果的香

由近及远，田畴舒坦，很自然
由远而近，鸟声与梦
与晨曦同步光临，同样自然
曲折的路径，似隽永的诗句
石，林，坪，亭，泉
宛若标点，更似亮点

多少年，山在城中
像悠久的标题，概括着
陪伴着，任楼宇比肩，小鸟依人
自在的身影，忙碌，休闲
广场上漫步，闻声起舞

露天公园一隅，古碑般静止的
老树般从容的
是如山的缩影，是父亲

一条叫作贯城的河流

以身作则的河流，从涌动
和消逝，知道了用什么姿势
更能深切地认识，地点，时间
前仆后继的每一日

从山中来，早熟的河流无师自通
就知道自己好在哪里，知道从前
峰回路转，骨骼清奇的贵阳
可爱，可依，可以身相许

河流后来有了自己的名字
懂得坦然，婉转，喜欢拥抱
明白了，和一个地方，和人
互相滋润，皆大欢喜

后来的我们也晓得了
河流的骄傲是含蓄的，有时
平静地应对日月的变幻，有时
依靠绵绵的旋律衬托和牵引

起伏不已。河流还在以身作则
让一座城的梦想如浪如澜
始终向前
向前，不仅仅是一条河流的使命

小关湖

应该指出，一只玉杯的丰美
巨镜宽容，舟自横，青萍仰泳
群峰也忍不住乐在其中

应该描述，拍客漫游，游客泛舟
陆路与水路，都欢畅，都能抵达
粼粼的深处，层林尽染的远方

应该致意，鱼水情深，情侣相扶
夕阳无限好，明月更皎皎
鹤与看客，各有喜乐

应该记下，岸边休闲的老人
他和秋后的柳树相依
仿佛记忆与沉思在一起

应该说，以上
是一个个黎明之前的贵阳
贵阳的怀里，自然地发生

黔灵湖

一团和气的润物
有深得人心的小清新
有纯净又丰腴的纹理

往往，透明透亮
表明一池春水的质量
体现一泓秋水的风光

来者都是客，或近水盘桓
或尽情投入，逍遥游
不离不弃的，是湖上的轻风
爽爽地撩拨，像有爱之人
最懂得拥抱

一天天，一年年
百舸荡漾，众生悠闲
微澜浪涌，自然而然

圣泉

每一日都充满动静
亦如拥抱着她的
爱她的贵阳城

间歇的消长，纯属自然
恰似万物有深有浅
梦与现实，总在盈缩的过程里
留有余地

甃石开井的前人已经走远
时间的波光不停涌现
汩汩的意义，曾让茁茁草木，庄稼
让一方人，一些事平添滋润

她老了。老成一个常用地名
一个典故，却还在起伏
还在倾吐，告诉

一条水路
源自深处又归于深处

贯城河遐思

逐水而居靠井而住的人们
一些成为游子，而更多的会留下来
如卵石般沉着，堤岸般筑着

生命在于运动。一条河穿城而行
为古老的贵阳不断赠送涓然的晨昏
一条河，是让一个地方最动心的诺言

会馆，店铺，书院，作坊与庙观
翠竹夹岸，灯火密布的昨天
也是楼宇林立霓虹闪耀的现在

河不断延伸，城池顺时针舒展
每座桥都是经久的老物件，见证
节气与节日，焕然的风俗与风景

日月依旧，一条河继续映现
舌尖上的爱，熙熙攘攘的暖
沿河漫步的人们，一些成为过客

一些，会停下来，于无声处
用记忆垂钓，用火辣的方言润色
一座城的青春，一代人的童年

路灯旁的黔灵湖

后来者居上之时
她已成熟，已众所周知

她从哪里来，从纤细到圆润
经历多少，折腾多久
源头性的问题，往往
只有少数人如我这般在意

而我如路灯，只看不语
看湿漉漉的她盘踞一方
汗津津的游客盘桓近水楼台
游客应该不算游子
游子也并非游泳健将的意思

众生在流连，百舸在轻浮
透过熙熙攘攘的小浪微澜，往往
只有少数人如我这般在意
虾有虾的爱好，鱼有鱼的倾向

只有少数人如我，如悄悄的路灯
不在看风景的人眼里

河滨公园

春日的丝语依附柳树又拔高了它
有人靠着树身，得以微观春光
幽暗的部分，和石塔的肤色对映
有人偏安公园一隅，形若石凳
安定于河畔，犹如卵石之上
小型而孤立的花
有人凝望圆顶之塔，答非所问
有人依照内心书本，在假寐中
演示爱与恨的情形……倘若人生如戏
哑剧再好不过？喋喋不休的老师
后来也是这样认为：序幕与结局
当春乃发生，都与潮湿有必然的联系
都像一场席卷南方的凝冻，难免
被鲜活忽略——举例说明便是
公园里的小河已重生，已发动
浪花在试探，在放心，在大胆
在翻身，在弄堤岸
以自己的方式改变着一切。这
多么像始终拥有进取之心的城市

傍晚观山湖

山与湖，历来是好朋友
好搭档。湖山陪护的城乡
也是。城里乡间的人事与万物
更是。被和睦的风气经久照拂
被常绿的方言维系，各有所长
各有倔强与漂亮

傍晚登高，也许会打扰
鸟虫的呢喃，石头与树的静思
其实湖光足够收留爱美之心了
眼下，粼粼秋波依然故我
沿岸的轻风扶老携幼
健身者小跑，情侣们漫步

应该有鱼深潜，亦如有鱼浮出
这时刻，鱼代表了我的想法
这时刻，山稳重，湖假寐
街灯就地矜持，车灯直来直去
月亮依然鲜明，依然
是多彩霓虹外最容易让人动心的

石板镇

站牌里的石板镇
标准的宋体
和宋朝没关系

和石板也没关系的房舍鳞次栉比
唤作违章的建筑
姿态唐突，像帽子紧挨帽子

像帽子缀满了
各色补丁
静候拆迁的风声

作废的拖拉机挨墙睡
雕塑般哑然，黄褐斑显然
它也在静候

环卫车和摩托车，占道生活的银杏
也在静候，远望的老者背着手
依靠地位显要的杂货铺

我走向他。我没有犹豫，关于问路
关于乡情，在后来
我有时不太信任年轻的人

与文史学者来到长春巷

巷宽不过五尺，长不及百米
春乃众心所向
长如何谈起？想想
可释然：爽爽的愿望，古今大同

巷已不存。曾经
横亘贵阳中华路与三民东路的它
像一些只在古典里留下名号的花卉
亦像一些老话，老辈人更为熟悉

存在与消失，各有道理
而今它静默于崛起的楼宇之下
成为安详的基础
此刻，我们俯首
只是想，静默而安详地指出

巷虽小，名由其时巡抚所起
祖籍安徽和湖南的人们
鸡犬相闻，同饮一口井
低头不见抬头见
昨天不见今天见

李端棻就出生在这里

嗯，就倡建京师大学堂的那位

他与任可澄是姻亲

梁启超娶了他的堂妹

鹿冲关森林公园

这悦目的屏障
迎风昂扬
这繁茂的盆景
随时清新

这林立的旗帜
成群结队
这绿色的仓库
鸟鸣不休

这天赐的凉席，百花的家
自古，就与云雨和谐
就喜欢和沸腾的群山一起
至今

和一座叫作贵阳的城
相亲相爱

文昌阁

从容于熙攘时光的她
风姿绰约。玲珑的故事
天知地知

石雕木刻透露她的形色文雅
九角三层，插拱飞檐
曲线动静相宜，不得不说罕见

人在阁里流连，阁在城中岿然
在万家灯火扑闪的贵阳
别具一格的小雅，是她

城中一站，斗转星移
她已阅人无数
她已气定神闲

她像谁？怀抱经久的秘密
明月复明月
静待有缘人

植物园

自然，森林拥有的美术
总让人羡慕。拾级而上
可知善解风情的森林
逐步调整周末贵阳的音量
鸟的歌舞，持续空灵的传统
自然，清新的模样老少皆宜
让远道而至的你，远远地
就开始了若有所思的神情
远远地，车声如峰峦隐隐
初春的霞光却不拘束
只管层林尽染，漂亮地透露
曲线与柔软，时间常绿的局面
自然，又见枝条温顺轻垂
沿途落叶微微起伏，释然的
从容的，包容的节奏
也是森林本身拥有的态度

夜晚之大觉精舍

大静若空，是说古树如箫
楼阁如琴，亦如经年的音箱
那些雕窗，盆景，池畔
似善解人意的耳朵悄然虚掩

身安详，心恬淡，人也自在
是说贵阳一角，禅香缕缕
在尘世的喧嚣之外，飘飘然
温柔如诗的乐趣，如你所愿

是说不断的人生，像茶杯
总是不断地放下，坦然地坐下
等月亮上场，等微笑
被微风轻轻托起

是说万物本来互为知音，喜结伴
爱在曲栏回廊贯通一气
向月亮般的人，微风般的人，送来
令人惬意的天籁

高坡小印象

花布条般的云朵天生耐心
合情合理，牵连着
同样耐心的山坡。这是远景
更远的，是年迈的女人
戴着银饰，无所事事
如老树，看公路从门前过
"驱逐牛马的是鞭子"
"驱赶汽车忙忙的又是啥子"
年迈的女人耐心地抽着水烟
你在旁边
小手托着祖传的小脸

青山小区

青山隐隐，占领着从前
青山，没有后来的假山好看

或曰：美与不美
不存在先来后到的区别

熟悉的地方还是风景。风撩树叶
垂帘蠢蠢，万丈高楼有惊无险

云朵在上，提示
空中还有楼阁

由此看去，窗棂有多大
一幅画就有多大

贵阳及其他

环城皆山，环山是水

环水流动的前人叫作，先辈

很多，源自隔壁的湖南

更远的江西。本地特产的少数

像倔强的植物

"陡坡能扎根，深壑可扎寨"

"灵濑响朝湍，深林凝暮色"

你看，涉及乡土

我的描述就会陷入古老的重复

涉及昨天，我的描述就会不新鲜

并多有漏洞与遗憾

涉及你，"凡是不能重复的，都有道理"

凡是能够重复的，也都有道理

故乡人及其他

群峦老样子，老习惯
入春的穿着反而厚过冬天
草因绿而突兀，像从前
她永远睡着
又像永远醒着，还像
经久的风气，传统的香火
入乡随俗的蝶类
在清明的小路起舞
我感到肃穆，也觉得飘逸
我经过的那些老人
那些正在老去的
和我一样年轻过的
熟悉的陌生人
他们似乎掌握返老还童的技术
看我时的表情，很像小朋友

昼伏夜行

昼伏夜行
畏光族类的拿手好戏

暗地里，不甘落寞的梦游者继续行走
和评估：城市呼吸的速度
暂住的雾，不能阻碍奔赴幸福的脚步
再厚的夜色，也不能终止喧哗
而只是让它
像被爱恨轮番折磨的旅客
休息一下

飞机先是在高原的空气中腾飞
它有一个吸引人的头部
它有惊无险地掠过两座山峰
瞪着发光的小眼
看终日不休的猫鼠各行其道
回家与离家的人
各自都要找地方睡觉

那时的贯城河值得赞美和追忆
它像你，有理想，有洁癖
能运用身体
感觉未知，和远方
并把不相关的事物联系在一起

天知地知

大雪会化小，化了

一些花，一瓣瓣时间

一桩桩，湿了干，干了湿的事

多半如此。今天贯城河依旧盘旋

也许因为信赖，或者依赖

也许一条河本来就不想远

所有的地方都变成远方

近处怎么办？我后来很在意目前

我后来爱向植物的大多数看齐

从皮肤判断幸福也许并不可靠

可靠也不等于耐久或者完好

我后来一厢情愿地相信

能做梦的身体应无太大的问题

这冬季有前辈的音容永远停顿

也有婴儿自动响应鸟鸣的初春

今天我花了点时间，北望遵义

有名字自带霞光，凹凸分明

回头想都匀、安顺，足够回忆

我依旧想不远，这些年

日月之间，仿照就地打坐的青山

我的心，主要就绕着贵阳盘旋

表面看

早出晚归，老城像忙碌的母亲
开始为每一日的团圆之梦做准备
夜色附和，道路轻松下来，那些风
好动好玩的风推搡着拥抱着风景
此前，它们被爱
被称为初春

一缕缕的夏风此起彼伏，爽爽地
恣意地，测量贵阳的体温
它们迂回于花草和树，力度不一
推敲着虚掩的记忆，斑驳的楼宇
在月下，灯下的河面，轻灵翻转
继续，表演给黎明前的我和鱼看

其实我又能看到什么？有水
可衬托鱼之乐，有鱼
可证明我并非孤独，表面看
道路依旧，风与夜色不论春秋
终究，属于或明或暗的经过
并不能被穿透或悉数带走

贵阳视觉

月亮对一座城的喜欢

可谓不朽的典范，明摆着的

天生之镜坦然于群峰之巅

逍遥的风光夜以继日

随着洒脱的时间渗透蜡染的雾帘

鲜明的好意挨家挨户

又以色香味的形式

把多彩的格局一点点落实

明摆着的，栩栩的灯火

是自古的自在，也是现在

月亮着，源远的流水娓娓道来

向远的流水分头展开

如乐滋滋的琴弦，起承转合

按捺不住的浪花，袖珍的瀑布

一波波传递，一片片飞跃

一苒苒润湿与灵秀，凭空地爱慕

高原层出的硬骨，明摆着的

月亮着，峻岭如屏，如常青的雕塑

让一座城始终很自然，很耐看

2008·贵阳

无论你在什么地方现身都是偶然
也是必然的
就像一缕风

你离开，沿铁轨或天空，离开过
回来过
就像一缕风

住在贵阳，热爱贵阳
春天的标语都相似
就像一缕风

离开贵阳，热爱贵阳
如果风都是这样想
那就了不起

我也不知自己是否这样想过
我只知这座城市固定了一个人快乐的
去向，就像一缕风

就像一缕风
我不知你的去向，我只知这座城市
明天还是叫作贵阳